Pendant que Floup fait un casse-tête,
Petit Bob décide de préparer le repas.

Et s'il faisait une bonne salade?
Mais… Oh! oh! il n'y a que deux radis dans le frigo.

Petit Bob a trouvé la solution :
il va faire pousser des légumes !

Il dépose des graines de laitue
dans le tiroir à légumes du frigo. Il sème
aussi des tomates, des concombres et des carottes.

Quand Floup a terminé son casse-tête,
Petit Bob lui montre sa plantation. Floup rigole.

Il sait bien, lui, que les légumes
ne poussent pas dans le frigo! Il leur faut
de la bonne terre et beaucoup de soleil.

Floup et Petit Bob récupèrent les graines dans le frigo.
Ils sortent pour les planter dans le jardin.

Tiens! Voilà Bouchon qui arrive sur son vélo.
Tout fier, Petit Bob lui annonce qu'ils font un potager

Bouchon veut participer, lui aussi. Il aide Floup et
etit Bob à semer les graines dans la terre du jardin.

En attendant que les légumes poussent,
les trois amis se balancent sous le gros arbre.

Clémentine se joint à eux. Floup et Petit Bob
l'invitent à visiter leur potager.

Dans le jardin, il n'y a pas une seule feuille.
Pas le moindre petit bout de tige.
Auraient-ils oublié quelque chose ?

Floup va chercher son grand livre du jardinage.
Il l'ouvre à la page des légumes.

Les plantes ont besoin de terre, de soleil... et d'eau !
C'est ça ! Ils ont oublié d'arroser le potager !

Floup, Bouchon, Petit Bob et Clémentine
arrosent copieusement la terre.

Puis les quatre amis vont jouer avec Nours
qui vient d'arriver avec son ballon.

Quand la partie est finie, les amis font une course jusqu'au jardin. Mais il n'y a toujours rien. Pourquoi les légumes ne poussent-ils pas?

Floup consulte de nouveau son livre de jardinage.
Il comprend. Il faut du temps, beaucoup de temps
pour faire pousser des légumes.

Petit Bob se lamente. Il va mourir de faim avant
que les légumes soient prêts!

Bouchon lui offre la laitue qui est dans son panier
de vélo. Clémentine sort une carotte de sa poche.
Et Nours lui donne la tomate qu'il a dans son sac.

Mais Floup a une meilleure idée. Avec ce que chacun a apporté, il propose de faire une grosse salade pour tout le monde!

Petit Bob est ravi.
Il n'a plus qu'à y ajouter ses deux radis !

Catalogage avant publication de Bibliothèque et Archives nationales
du Québec et Bibliothèque et Archives Canada

Tremblay, Carole, 1959-

Le potager de Floup

(Collection Floup)
Pour enfants de 18 mois et plus.

ISBN 978-2-89608-165-3

I. Beshwaty, Steve. II. Titre.

PS8589.R394P67 2013   jC843'.54   C2012-942685-7
PS9589.R394P67 2013

Le potager de Floup © Carole Tremblay / Steve Beshwaty
© Les éditions Imagine inc. 2013
Tous droits réservés

Graphisme : Pierre David

Dépôt légal : 2013
Bibliothèque nationale du Québec
Bibliothèque nationale du Canada

Les éditions Imagine
4446, boul. Saint-Laurent, 7e étage
Montréal (Québec) H2W 1Z5
Courriel : info@editionsimagine.com
Site Internet : www.editionsimagine.com

Tous nos livres sont imprimés au Québec.
10 9 8 7 6 5 4 3 2 1

Gouvernement du Québec – Programme de crédit d'impôt
pour l'édition de livres – Gestion SODEC.

Nous reconnaissons l'aide financière du gouvernement
du Canada par l'entremise du Fonds du livre du Canada
pour nos activités d'édition.

Nous remercions le Conseil des Arts du Canada
de l'aide accordée à notre programme de publication.

Programme d'aide aux entreprises du livre et de l'édition
spécialisée de la SODEC.